# EL MISTERIO DE MIKE

GERTRUDE CHANDLER WARNER

*Ilustraciones de Dirk Gringhuis*

Albert Whitman & Company
Chicago, Illinois

Los datos del Catálogo de Publicación (CIP) de la Biblioteca del Congreso
se encuentran archivados con la casa editorial.

Primera edición © 1960, 1988 de Albert Whitman & Company
Traducción © 2014 de Carlos Mayor Albert Whitman & Company
Edición en español publicada en el 2016 por Albert Whitman & Company

ISBN 978-0-8075-7633-5

Impreso en los Estados Unidos
10 9 8 7 6 5 4 3 2 1 LB 24 23 22 21 20 19 18 17 16

Cubierta de libro © 2012 de Tim Jessell
Ilustraciones de Dirk Gringhuis

Para obtener más información sobre Albert Whitman & Company,
visite nuestro sitio web en www.albertwhitman.com.

# Índice

# Capítulo 1

## *Arenas Amarillas*

Los cuatro hermanos Alden se morían de ganas de regresar al Rancho del Misterio. Henry, Jessie, Violet y Benny llevaban semanas haciendo planes.

—¡Iremos en aquel tren antiguo maravilloso! —exclamó Violet—. Jessie, ¿te acuerdas del señor Carter, que nos ayudó con las maletas?

—¡Ya las llevaré yo! —dijo Benny—. Esta vez no estará el señor Carter.

—Yo puedo cargar alguna, amiguito —replicó Henry—. Y recuerden que ya no se baja en la estación de Centerville.

Jessie asintió y recordó:

—Es verdad. Llegaremos a la nueva estación de Arenas Amarillas. Me parece un nombre precioso. Nuestros campos de uranio eran como de arena amarilla, desde luego.

—Sam irá a recogerlos —anunció el abuelo—. A lo mejor les lleva él las maletas.

Los chicos se echaron a reír.

—Mira que pelearnos por quién carga las maletas —dijo Benny.

—Qué pena que Guardián tenga que ir en el vagón del equipaje —se lamentó Henry—, pero en el de pasajeros no pueden viajar perros.

—Yo viajo en el vagón del equipaje con él —respondió Benny—. Así estará contento.

El señor Alden soltó una carcajada.

—Mucho me temo que eso es imposible —dijo—, pero puedes ir a verlo de vez en cuando. Así sabrá que andas cerca.

Y llegó por fin el día de partir hacia el Rancho del Misterio, donde vivía la tía Jane. Henry, Jessie, Violet y Benny, que la querían mucho, iban a pasar las vacaciones de verano con ella.

La tía había dejado de ser una anciana antipática y se había vuelto absolutamente encantadora.

Al bajar del tren en Arenas Amarillas, los cuatro hermanos buscaron al viejo caballo negro, pero en su lugar vieron a Sam y a su hermana, Maggie, en un carro grande. Él se ocupaba del rancho y ella, de la tía Jane.

—¡Hola, Sam! —gritó Benny—. ¿Y Bola de Nieve?

—Bola de Nieve está muy bien, no te preocupes —respondió el capataz, sonriente—. Desde luego, es un nombre curioso para un caballo negro.

—Se lo puse yo —recordó Benny—. A mí también me pareció un nombre curioso. ¿Dónde está?

—Últimamente se toma las cosas con calma —explicó Maggie—. Se pasa el día pastando en el campo. Este carro va más deprisa.

—¿Y lo manejas tú, Maggie? —preguntó Jessie.

—Sí —contestó ella, con una sonrisa en los labios—. Según Sam, manejo muy bien.

—Vamos —dijo Sam—. Ya sacaron a

Guardián del vagón del equipaje, estamos listos.

Cada uno llevaba una maleta.

Al poco rato ya estaban entrando en el terreno de la tía Jane. Encima de la reja de entrada, un cartel grande decía: "Rancho del Misterio".

¡Cómo se alegró la tía al verlos! Al principio, a Guardián no le hizo mucha gracia la perrita de la tía Jane, Señorita, pero en cuanto estuvo preparado el almuerzo se echó a los pies de Jessie, mientras Señorita se colocaba a los pies de la tía. No hubo ningún problema.

—Ay, no saben cómo cambió este lugar en apenas un año —comentó la tía Jane—. No lo reconocerán. Por mi antiguo campo de heno pasa ahora una calle muy larga.

—¿Una calle de verdad? —preguntó Benny.

—¡Sí, sí! Con muchas tiendas, una iglesia, una escuela primaria y una secundaria.

—No me lo imagino —dijo Henry—. Vamos a tener que ir a comprobarlo enseguida.

—Cuando quieran. Sé que se mueren de ganas de verlo.

—También queremos verte a ti, tía —replicó Violet.

—Bueno, ya me vieron. Se acabó el almuerzo. Salgan y vayan a divertirse.

—Vuelvan a tiempo para cenar —pidió Maggie—. Vamos a servir cosas muy ricas.

—Huy, seguro que regresamos mucho antes —contestó Jessie—. Solo queremos ver cómo está el rancho.

## Capítulo 2

## Un viejo amigo

El rancho era propiedad de los cuatro hermanos Alden. Por eso, resultaba natural que quisieran ver cómo había cambiado desde el verano anterior, cuando se había descubierto el uranio.

—Supongo que el abuelo tuvo que mandar a cientos de hombres para trabajar en la mina —dijo Benny—. Y los mineros seguro que tienen muchísimos hijos, y todos necesitan ropa y comida, y una escuela y una iglesia. Y así creció el pueblo.

—¡Exacto! —respondió su hermano con

una sonrisa—. Lo explicaste muy bien.

Los chicos salieron por la puerta de atrás.

—Sí, Guardián, puedes acompañarnos —añadió Henry—. ¿Y Señorita, tía Jane?

—No, Señorita no. Nunca se separa de mí.

Guardián estaba encantado de salir con los cuatro chicos, así que se puso a ladrar sin parar. Y así siguió, corriendo todo el camino. Pasaron junto al gallinero, que estaba reparado y pintado. Cruzaron un campo y llegaron a la calle. Qué extraño era encontrarse una calle asfaltada en medio del rancho.

—¡Hay hasta un bazar y un supermercado enorme! —exclamó Benny—. Si no queremos, no hará falta cultivar verduras.

—¡Qué tienda de ropa tan linda! —dijo Jessie, y entonces estuvo a punto de chocar contra un niño más o menos de la edad de Benny que caminaba silbando, con las manos en los bolsillos.

Al ver a los hermanos se detuvo y se quedó mirándolos.

—¡Hola, Ben! ¿No me reconoces? —preguntó.

—¡Mike! ¡Mike Wood! —gritó Benny,

al ver quién era—. ¡Henry, es Mike! ¿Te acuerdas de cuando vino al pícnic de La isla de las sorpresas?

—¿Cómo iba a olvidarlo? ¡Es verdad, es Mike! Viniste al pícnic y tu perro corrió una carrera contra Guardián.

—¡Sí! Se llama Manchas —dijo Mike—. Ahora está con mi hermano, Pat. Aquel día ganó la carrera contra el perro de ustedes.

—¡Qué va! —replicó Benny—. ¡No es cierto! ¡El que ganó fue Guardián! ¿No te acuerdas?

—Pues no. Lo que yo recuerdo es que Manchas le ganó a Guardián.

—¡No es verdad! —insistió Benny—. Manchas no conocía la isla. ¡Ni siquiera sabía por dónde tenía que correr!

—Basta ya, chicos —ordenó Henry—. Recién se ven y ya están discutiendo.

—Empezó Mike —dijo Benny.

—¡Mentira! ¡Empezaste tú!

—¡Muchachos! Dejen de pelear —insistió Henry—. ¿Son amigos o no?

—Sí que somos amigos —respondió Benny—, a no ser que Mike cuente mentiras sobre Guardián. El que ganó la carrera fue él y no pienso aceptar otra cosa, digan lo que digan.

—Bueno, puede que ganara —reconoció Mike—, pero no fue una carrera justa, porque Manchas no conocía el camino.

—Perfecto —dijo Benny—. Eso es lo que quería. Que reconocieras que no ganó Manchas.

—Muy bien, puede que no ganara, pero ¿cómo iba a ganar si no sabía por dónde correr?

—Pero ¡si es lo que decía yo! —exclamó Benny—. No podía ganar y no ganó. No dije que hubiera sido una carrera justa.

—Mike —intervino Jessie, calmando los ánimos—, ¿qué haces por aquí? Estás muy lejos de Greenfield.

—Ya lo sé, pero este lugar me gusta. Cuando murió mi padre nos vinimos a vivir aquí con mi tío Bob. Dijo que podía darle trabajo a Pat. ¿Se acuerdan de Pat, mi hermano mayor?

—Sí, claro —respondió Henry—. El que casi se ahoga en el pícnic.

—Bueno, pues ahora trabaja en la mina a las órdenes del tío Bob. Bueno, en la mina no, fuera. Yo también les hago recados. Trabajamos todos. Mi madre lava la ropa de los mineros.

—¿Dónde está tu casa? —preguntó Henry.

—Por ahí —dijo Mike, señalando—. Es esa, la rosada. Son todas iguales, pero de diferente color. En todas hay jardín, pero la hierba está seca, marrón. La mía tiene cocina eléctrica y lavadora. Es muy distinta de la que teníamos antes de venir. Vengan a ver a mi madre.

—Sí, claro. Vamos encantados —contestó Henry.

—Pat no está en casa, pero mi madre sí —explicó Mike—. A lo mejor ha preparado algún pastel y podemos comer algo.

Llegaron entonces a la puerta de la casa rosada.

—¡Mamá, mira quién vino!

La señora Wood estaba haciendo pasteles, en efecto. En aquel momento sacaba el tercero del horno. Al levantar la vista y reconocer a Benny se alegró mucho.

—¡Hola, Benny Alden! —saludó.

—A los demás no nos conoce —dijo Jessie,

también muy contenta—, pero a Benny lo vio muchas veces, cuando iba a la escuela con Mike en Greenfield.

—He oído hablar mucho de todos ustedes —respondió la señora Wood—. Benny es un gran conversador. Es un buen chico. A Mike le sienta muy bien jugar con él.

—Y a Ben jugar conmigo —soltó Mike.

—Sí, creo que sí —reconoció Henry.

Mike lo observó, sorprendido. No sabía qué decir. No esperaba que Henry le diera la razón.

—Mamá hace pasteles para los vecinos —explicó.

—Y ustedes lo son, desde luego —añadió la señora Wood al momento—, así que elijan el que prefieran. Tengo de cereza, de manzana y de arándanos. Los tres están calientes.

Se puso a cortarlos. Olían de maravilla y tenían la corteza doradita y crujiente.

—Yo la verdad es que no comí mucho durante el almuerzo —aseguró Benny.

—Acerquen unas sillas a la mesa —dijo la señora Wood—. Y, Mike, tú saca el queso de la nevera.

—¿Dónde está Pat? —preguntó el niño, mientras obedecía.

—Se fue al banco. Hoy cobran los trabajadores. Todas las semanas ingresa el dinero del tío Bob. Ve a buscarlo, Mike, y dile que tenemos visitas.

El pequeño echó a correr calle abajo y la señora Wood se quedó mirándolo con una sonrisa.

—No es mal chico, mi Mike —afirmó—. Un poco charlatán, eso sí.

—Ya lo sabemos —contestó Jessie, sonriendo a su vez.

—Se desvive por sus amigos. Ayuda mucho a los mineros, aunque a veces se pelea. Bromean con él y discuten, pero le tienen cariño.

—Es el mejor pastel de manzana que he comido en la vida —dijo Henry.

—Estoy de acuerdo —añadió Jessie—. Y el de cereza debe de estar aún más rico.

—Yo iba a decir lo mismo sobre el de arándanos —reconoció Violet con una risita.

—Me alegro —respondió la señora Wood en voz baja—. Hacer pasteles es lo que más me gusta. Ojalá tuviera más tiempo.

—¿No lo tiene? —se sorprendió Jessie.

—No, cariño. —La voz de la señora Wood reflejaba tristeza—. Me paso el día lavando ropa para ganar el dinero que necesitamos para vivir. Por suerte tengo lavadora. Ahí llega Pat.

—¡Hola, Ben! —saludó el joven en cuanto entró—. Tú solías ir a casa a jugar con Mike.

—Esta es Jessie —presentó su madre—. Y Violet, y Henry.

—No, si ya los conozco a todos, mamá. Me salvaron la vida en aquel pícnic.

—En realidad fue nuestro tío Joe —recordó Henry—. Nada muy bien.

Entonces intervino Mike:

—Encontré a Pat justo cuando salía del banco.

—Qué curioso que tengan un banco aquí —comentó Jessie—. Antes solo había campos de matojos.

—Tenemos casi de todo —dijo Pat—. Hasta un periódico que sale todos los días. La redacción está al lado del banco.

—¡Ah, es verdad! —exclamó Benny—. Lo vi en casa de la tía Jane. *The Daily News*. En la portada había una fotografía muy grande de los edificios de la mina de uranio.

—Sí, la mina sale casi siempre en la portada —contestó Mike—. Aquí hay uno. Lo guardamos porque Pat salió en una foto. ¿Lo ven? Es este de aquí. Al lado del señor bajito. Huy, qué raro. Ese señor me parece conocido de algún lado. No vive aquí, pero *han habido* varias veces que lo he visto.

—Se dice "ha" —lo corrigió Pat—. "Ha habido".

—Bueno, pues "ha". Pero tú nos dices "han" muchas veces a mí y a mis amigos: "han de hacer esto", "han de hacer lo otro".

—Eso no tiene nada que ver, Mike.

—Pues a mí me parece exactamente igual.

Jessie se echó a reír y comentó:

—De vez en cuando, Mike me recuerda a Benny. A los dos les gusta llevar la contraria.

—Yo no llevo la contraria —se quejó Mike—. Yo pienso. Ese señor bajito no vive por aquí. Es forastero. Pero *han habi*...Ha habido varias veces que lo he visto.

Pat miró la fotografía.

—A mí no me suena nada —dijo a su hermano—. Y ni siquiera me enteré cuando sacaron la foto.

Mike se quedó en silencio un buen rato. No dejaba de mirar el periódico.

—Tenemos que irnos —anunció Jessie—. Queremos entrar en todas las tiendas de la calle y ver las novedades.

—Los acompaño —dijo Mike—. Puedo enseñarles todo. Ya llevo dos meses aquí.

Era cierto: Mike conocía todo el pueblo. Les mostró la puerta del supermercado, que se abría sola. Les mostró un concesionario donde vendían carros nuevos. Jessie compró cinco sombreros de paja grandes en una tienda. Hacía mucho sol, así que se los pusieron. En las tiendas parecía que todo el mundo sabía quiénes eran los hermanos Alden. La tía Jane había sacado sus fotografías en el periódico muchas veces, ya que eran los propietarios del rancho en el que se había encontrado el uranio.

—Vamos a casa —propuso por fin Jessie—. Maggie dijo que habría cosas muy ricas para cenar.

—Gracias por enseñarnos todo esto, Mike —intervino Violet.

—Nos vemos mañana —se despidió Benny.

—Sí —contestó el niño, y se alejó silbando. En aquel momento aún no sabía que al día siguiente los esperaban muchas emociones.

CAPÍTULO 3

# *¡Fuego!*

Los chicos durmieron como troncos. Se despertaron de golpe al sonar una extraña campana que hacía mucho ruido, pero se imaginaron que estarían dando las doce y volvieron a conciliar el sueño. Cuando bajaron por la mañana, Sam y Maggie hablaban de un incendio.

—¿Qué incendio? —preguntó Henry.

—¿Es que no oyeron la alarma por la noche, que no dejaba de sonar? —se sorprendió Sam—. Ahí llega el repartidor del periódico. Seguro sale la noticia.

Sam recogió el periódico. Estaba lleno de fotografías. Benny metió la cabeza por un lado.

—¡Es la casa de Mike! —gritó a todo pulmón—. Aquí dice que es la residencia de los Wood y que se quemó completamente.

—Déjame ver eso, Benny —dijo Jessie—. Leo más deprisa.

—Yo leo muy rápido —replicó Benny, alterado—. ¿Ven esa foto? Es Mike.

—Mucho me temo que sí —contestó Jessie, tratando de leer algo—. ¡Esa casa rosada recién construida, con lo linda que era, y con su lavadora y su cocina eléctrica!

—"Nadie perdió la vida" —siguió leyendo el pequeño—. "Ni siquiera el perro, Manchas, que dormía en el sótano y dio la voz de alarma al ponerse a ladrar. El fuego habría empezado precisamente en el sótano, y cuando llegó el camión de bomberos toda la casa estaba en llamas. Al parecer, el incendio se inició por los cuatro costados de la casa.

»No se salvó nada más que la ropa y las sábanas. Al ver que la casa estaba condenada, la señora Wood puso las sábanas en el suelo, echó encima todas las prendas de las cómodas y de los armarios, ató las puntas de las sábanas y tiró el bulto por la ventana.

—Ay, qué lista fue, ¿no? —dijo Jessie—. Eso es lo que más dinero cuesta, ¿verdad, tía Jane? La ropa y las sábanas.

—Sí, cariño —contestó la anciana—. Pero ¿qué harán ahora los Wood?

—Tengo que ir para allá ahora mismo —dijo Benny—. Tengo que ver a Mike.

—Espera un momento, Benny —pidió la tía Jane—. Primero hay que desayunar. Cuando te vayas, tardarás un buen rato en volver. ¡Que te conozco!

Benny sabía que era cierto, así que se sentó y trató de comer algo. Todos trataron de comer, pero no dejaban de pensar en el incendio.

—Mike podría venir a pasar unos días aquí —dijo la tía Jane—, si no tiene otro lugar adonde ir.

—¡Ay, gracias, tía Jane! —exclamó Jessie—. Eres muy amable. Pero no creo que te convenga tener aquí a Mike. Lo alborotaría todo.

—No me importa que haya alboroto. Y será entretenido ver a Benny y a Mike juntos.

—¡Eso desde luego! —exclamó Henry, entre risas.

—Me comí un huevo —dijo entonces Benny—. ¿Puedo irme ya?

—Sí, váyanse. Sé que tienen muchísimas ganas de llegar al lugar del incendio —dijo la tía Jane.

Los chicos se marcharon a la carrera. Enseguida vieron a la multitud que se había congregado. La casita rosada había desaparecido. Aún salía humo de la madera quemada y hacía mucho calor.

—¡Hola, Ben! —saludó una voz. Era Mike, que se acercó corriendo—. ¡La casa que se quemó era la nuestra! ¡Pudimos salir todos porque Manchas nos salvó!

—¿Qué piensan hacer, Mike? —preguntó Henry—. ¿Dónde está tu madre?

—Ahí mismo —señaló el niño—. Mi hermano y ella pueden quedarse con los vecinos, en la casa azul, pero yo me iré con el señor Carter.

—¡El señor Carter! —exclamó Jessie—. ¿Cómo que el señor Carter? ¿Quieres decir John Carter?

—Supongo —contestó Mike—. Bueno, se llama así. ¿Lo conoces? Es muy simpático.

—Trabaja para el abuelo —dijo Jessie—. Lo conocimos el año pasado, pero no sabíamos que seguía aquí. ¿Dónde vive?

—En la casa verde, más cerca de la mina. Una vez entré y *habían* muchas habitaciones que no utilizaba.

—"Había" —dijo Benny.

—¡Vamos, no me corrijas tú también, Ben!

—¿Dónde está ahora el señor Carter? —preguntó Violet, justo a tiempo de evitar una pelea.

—Ahí mismo, al lado de mi madre —contestó Mike—. Vamos, nos miran.

—¡Bueno, bueno, señor Carter! —exclamó Henry—. Cuánto nos alegramos de volver a verlo. Parece que usted siempre aparece cuando hay problemas.

—Eso intento —dijo John Carter, guiñándole un ojo—. ¡Hola, Jessie! Y Violet. Benny sigue siendo el mismo de siempre.

—¿Qué va a ser de la familia de Mike? —preguntó Henry.

—Todas estas casas son propiedad de la

Compañía Uranio. Cuando se hayan enfriado los restos, se reconstruirá la casa rosada.

—¿Y lo que había dentro? ¿Y la lavadora? —quiso saber Jessie.

—Eso no lo sé, pero el seguro se encargará de algunas cosas más adelante.

—La tía Jane dijo que Mike podía venir a nuestra casa —anunció Violet.

—¿Ah, sí? No me digas. —El señor Carter se reía—. ¡Habrá mucha animación! ¿No me acogen a mí también?

—Nos ayudaría mucho —contestó Jessie sonriendo.

—Si vienes a casa de la tía Jane puedes tener un cuarto para ti solo, Mike —dijo Benny—. Tendrías que pedirle permiso a tu madre.

—Sí, por mí encantada. Se los agradezco mucho —contestó la señora Wood—. Pero díganle a la señora Alden que, si no puede con él, me lo devuelva.

Entonces Benny preguntó, de repente:

—Mike, ¿desayunaste algo?

—¡No! Se quemó todo. No tomé ni leche, ni comí avena, ni huevos...

—¡Pues vamos! —gritó Benny—. Yo me

comería otro huevo, la verdad. ¡Vamos todos al restaurante!

El señor Carter miró a Jessie y se echó a reír.

—No sé qué me pasa. ¡Ni me acordé de desayunar! Y la señora Wood debe de estar muerta de hambre también. Sí, vamos todos al restaurante a tomar un buen desayuno.

—Como siempre, seguimos a Benny —dijo la madre de Mike—, que es el que tiene las ideas.

## Capítulo 4

# *Una mesa grande*

—Vamos a sentarnos todos en esa mesa grande —propuso Henry—. Así podremos hablar.

—Yo no quiero hablar, ¡quiero comer! —se quejó Mike.

—Puedes entonces no digas nada —contestó Benny—. Hablaremos nosotros.

—Pero si me da la gana sí que hablaré.

—Oye, decídete de una vez. El que dijo que no quería hablar fuiste tú.

—Yo lo único que dije es que tenía hambre.

—Ay, ya basta, Mike —ordenó su madre—.

Tanta discusión por nada. ¿No te enteraste de que te quedaste sin casa?

—Qué horror —dijo Jessie—. Cuénteme, ¿cómo se dio cuenta de que la casa estaba en llamas?

—Por el perro —explicó la señora Wood—. Manchas estaba en el sótano. Duerme allí abajo. Bueno, pues se puso a ladrar sin parar. Comprendí que pasaba algo y bajé a ver. Había fuego por los cuatro costados. Saqué de allí al perro y fui a despertar a Mike y a Pat.

—A mí no me despertaste —dijo Mike—. Ya estaba despierto.

—Sí, es verdad, hijo mío —reconoció ella—. De hecho, me parece que ya estabas bajando a buscar al perro.

—Manchas era el que corría más peligro —aseguró el niño—, porque no puede abrir las puertas.

—Por cierto, ¿dónde está? —preguntó el señor Carter.

—En la casa azul, atado —contestó Pat—. Molestaba y ladraba a todo el mundo.

—Sí, nosotros también tuvimos que dejar a Guardián y a Señorita en el rancho —dijo

Jessie—. No es buena idea que correteen por donde ha habido un incendio.

—Es muy extraño que el fuego empezara en cuatro sitios al mismo tiempo —comentó el señor Carter.

—¿Y si lo hubiera provocado alguien? —preguntó Henry.

—¡No, imposible! —exclamó la señora Wood—. ¿Quién iba a querer quemar nuestra casa?

—¿Qué planes tiene ahora? —le preguntó el señor Carter.

—La verdad es que no lo sé. Esta noche me quedo en la casa azul con la señora Smith, que es una buena vecina.

En ese momento les sirvieron el desayuno. Los ocho tenían mucha hambre y atacaron el tocino y los huevos, las tostadas, los cereales y la leche. Durante unos instantes, el restaurante se quedó en silencio. Entonces los chicos oyeron a un hombre que decía:

—Me contaron que el niño que vivía en la casa la incendió para divertirse.

Mike se levantó de la silla al instante. Corrió hacia el señor que había hablado.

—¡Es mentira! —le reprochó—. ¿Quién dijo eso?

Al cabo de un momento los otros cuatro chicos estaban detrás de su amigo.

—¡Mike no haría una cosa así! —gritó Benny—. ¡Imposible! ¿Quién lo dijo?

El desconocido se rió un poco. Estaba sorprendidísimo.

—Bueno, no te alteres, muchacho —dijo.

—¿Que no me altere? —exclamó Mike—. ¡Usted está contando mentiras sobre mí!

—No lo inventé yo. Dije que me lo habían contado.

Entonces habló Henry:

—¿Puede decirnos quién se lo contó? Tiene que darse cuenta de que esa historia es muy perjudicial para Mike.

—Bueno, bueno —dijo aquel señor—. No les da miedo salir en defensa de un amigo, ¿eh?

—Pues no —replicó Henry.

—Mike es travieso, es verdad —reconoció Jessie—, y se mete en líos, pero jamás incendiaría su casa.

Entonces Benny se puso justo delante del señor y añadió:

—Además, ¿cómo iba a hacer fuego en el sótano si su perro estaba allí?

—Así que su perro estaba en el sótano. Me queda claro. Les creo.

—¿Quién se lo dijo? —preguntó Mike, ya sin gritar.

—Era un desconocido —contestó el hombre—. No lo había visto nunca. Estaba a mi lado entre la gente que miraba el fuego. Creo que llevaba un sombrero azul.

—Pues si veo a un señor con sombrero azul se lo preguntaré —replicó Benny.

El hombre miró bien a los cuatro hermanos.

—Ojalá tuviera tantos buenos amigos como tú, Mike —dijo, y señaló a Benny—. Este de aquí es de armas tomar.

—*Han habido* veces que no me ha defendido —contestó Mike.

—"Ha habido" —dijo Benny.

—¡Ya basta, Ben! ¡No vuelvas a empezar!

—Ya ve usted cómo es Mike —intervino Jessie—. Discute por cualquier cosa. Pero sería incapaz de provocar un incendio. Vamos, chicos, vuelvan y terminen el desayuno.

Los dos amigos regresaron a la mesa,

donde el señor Carter se había quedado todo ese tiempo, observándolos.

—Pero ¡bueno, Jessie! —exclamó—. ¡Fue como una obra de teatro! Estoy muy orgulloso de ustedes.

—¿Por qué no vino con nosotros? —preguntó Benny.

—No me necesitaban. Ja, ja. Ustedes lo hicieron mucho mejor que yo, chicos. De todos modos, el señor veía que yo los acompañaba y que los ayudaría si lo necesitaban.

Mike se puso a comer de nuevo.

—Me entró mucho apetito —dijo.

—Antes tampoco es que te faltara —rió Henry.

—Me gusta que estés con nosotros, Mike —confesó Violet, también muy alegre—. Si no fuera por ti, ahora no estaría desayunando.

—Eso es verdad —dijo Henry—. Muy cierto.

—Bueno, tienen que estar todos muy atentos, por si ven a un señor con sombrero azul —advirtió Benny, y se terminó el vaso de leche.

—Podría haberse puesto otro, Ben —

respondió Mike—. A lo mejor la próxima vez lleva uno negro. O no lleva sombrero.

—Yo también tendré los ojos bien abiertos —dijo el señor Carter—. Puedes estar seguro.

## Capítulo 5

# El almacén vacío

—Tengo que ir a la mina de uranio —anunció el señor Carter—. Pueden acompañarme todos si quieren.

—Yo creo que me voy a casa de la vecina —contestó la señora Wood—. Las idas y venidas de Mike me dejaron cansada.

—Sí, te acompaño, mamá —dijo Pat—. A ver si puedo ayudarlos con algo, para devolverles el favor por acogernos.

—Nosotros sí que vamos con usted, señor Carter —aseguró Benny—. Al fin y al cabo, la mina es nuestra y aún no la hemos visto.

Vente tú también, Mike.

—Ay, Benny, que estás llamando al mal tiempo —dijo Henry, en broma.

—¡Yo no soy el mal tiempo! —se quejó Mike—. A lo mejor les sirvo de algo. Sé muchas cosas.

Al poco rato ya se dirigían a la mina en el carro del señor Carter. Al llegar vieron que había unas máquinas muy grandes en funcionamiento. Y trabajadores por todas partes. El señor Carter detuvo el carro delante de un edificio con una pequeña oficina en una esquina.

—Voy a entrar un rato en la oficina —informó—. Pueden quedarse en el carro y mirar a los trabajadores, pero no vayan más allá, no se acerquen más.

—¿No podemos entrar en el edificio? —preguntó Benny.

—Ah, sí, eso sí —dijo el señor Carter—, pero está vacío. Es un almacén. No hay nada que ver. Regreso enseguida.

En cuanto cerró la puerta de la oficina, Mike afirmó:

—Seguro que va a enterarse de cómo funciona el seguro de nuestras cosas y a

contarle a alguien de ahí dentro lo del señor del sombrero azul.

—Sí —dijo Benny—. Vamos a ver qué hay en ese almacén.

Benny bajó del coche y entró tranquilamente en la enorme sala vacía. Jessie lo siguió. Se detuvieron y echaron un vistazo.

—¡Esto es gigantesco y nadie lo utiliza, Jessie! —exclamó el pequeñín.

—Es verdad, Benny.

Durante un minuto, ninguno de los dos dijo nada más. Jessie se había quedado pensando en las palabras de su hermano: aquello era gigantesco y nadie lo utilizaba.

—¡Ay, Benny! —exclamó de repente, emocionada—. ¿Te acuerdas de lo que dijo la señora Wood sobre los pasteles?

—Sí, que le encantaba hacerlos y que no le gustaba lavar ropa.

—¡Exacto, Benny! Escúchame: si consiguiéramos una buena cocina…

—…La señora Wood podría dedicarse a hacer pasteles —acabó Benny.

—Aquí mismo en este almacén —añadió Henry.

Uno por uno, los demás también habían ido entrando.

Entonces se oyó otra voz más débil:

—Seguro que el abuelo nos dejaría comprar una cocina.

Era Violet. Estaba sonriendo.

—A mi madre lo que más le gusta del mundo es hacer pasteles —dijo Mike—. Le salen de maravilla.

—Ja, ja, ja —rió Henry—. Bueno, ahora que estamos todos, vamos a idear un plan.

—Mi madre podría vender pasteles a los mineros —sugirió Mike—. Deben de ser un

millón, así, a ojo. Ganaríamos dinero. Y encima yo podría comer pastel siempre que quisiera.

—Si tuviéramos una cocina —recordó Benny.

—No hay exactamente un millón de mineros —aseguró Henry—, sino más bien unos cien. Quizá algunos más.

—A lo mejor podríamos vivir todos aquí — dijo entonces Mike.

—No te gustaría —contestó Benny—. Y ya verás tu cuarto en casa de la tía Jane. Está al lado del mío.

—Vamos a preguntarle al señor Carter qué opina —propuso Jessie—. Lo sabe todo y tomará una buena decisión.

Sin embargo, la decisión la tomó la señora Wood.

## Capítulo 6

# La Cocina de la Madre de Mike

Benny empezó a hablar en cuanto se subió al carro. Mike también se puso a hablar.

—Un momento, chicos —dijo el señor Carter—. ¡Uno por uno! No entiendo nada de lo que dicen.

—Primero yo —pidió Mike.

—Bueno, por una vez sí —accedió Benny—. Al fin y al cabo, es tu madre.

—Exacto, Ben. Gracias. Señor Carter, mi madre trabaja mucho lavando ropa, pero siempre *han habi*...siempre ha habido otras cosas que le han gustado más.

—Ya lo sé, Mike —respondió el señor Carter—, pero ¿qué quieres que haga?

—Se nos ocurrió otro trabajo mejor. Le encanta hacer pasteles. ¿Por qué no se dedica a eso y los vende? Siempre regala millones a los demás.

—Cuidado, Mike —advirtió Benny—. Si dices eso de "millones", el señor Carter no se lo creerá.

—Bueno, pues docenas.

—Así se habla, Mike —rió el señor Carter—. Claro que te creo, porque yo mismo me he comido muchos.

—¡Eso mismo! —exclamó el chiquillo—. A todo el mundo le gustan los pasteles de mi madre y todo el mundo los comprará.

—Creo que pierden el tiempo contándome esos planes a mí —dijo entonces el señor Carter—. ¿Por qué no vamos a preguntárselo a tu madre? La que tiene que decidir es ella.

La señora Wood se sorprendió al verlos llegar a todos a la casa azul de la señora Smith.

—Hola, señora Wood —saludó Henry—. Nos gustaría que nos acompañara a la oficina de la mina de uranio. No tardaremos mucho.

—Ah, muy bien. Yo encantada —respondió—. Conozco al vigilante nocturno y me gustaría llevarle un pastel de cereza.

—¿Quiere decir que ya le dio tiempo de hacer otro? —pregunto Violet.

—Cuatro. Son para todas las personas que se portaron tan bien y me ayudaron a salir de la casa en llamas. Uno es para tu tía Jane, Benny. Mi vecina me dio la mantequilla y la fruta que necesitaba y se lo pagaré lavándole la ropa.

Mike guiñó un ojo a Benny y comentó:

—Puede que sí. Y puede que no.

Los chicos hablaron y rieron durante el camino a la mina. Qué ganas tenían de enseñarle su descubrimiento a la madre de Mike. Por fin llegaron todos al gran almacén vacío.

—¿Lo ve? ¡No se utiliza para nada! —exclamó Benny—. Si tuviera usted una buena cocina...

La señora Wood le pasó el brazo por los hombros y en voz baja contestó:

—¡Qué bueno eres, Benny! Empiezo a entender los planes que han hecho para mí.

—¿Quiere decir que le gusta la idea de ganarse la vida preparando pasteles? —preguntó Jessie—. ¿No se cansaría?

—¡De eso no me cansaría jamás, cariño! Me encanta hacer la mezcla, pasar el rodillo y luego rellenar la masa con cerezas, manzanas, melocotones o arándanos. Y sobre todo disfruto mucho al ver que la gente se los come.

Entonces se oyó una voz a sus espaldas:

—Pues yo prefiero comérmelos a ver cómo se los comen los demás.

Todos voltearon a ver quién hablaba.

—¡Es el vigilante nocturno! —dijo Mike—. ¡Hola, señor McCarthy!

—Hola, amiguito.

—Ay, señor McCarthy. Tenga, le hice un pastel de cereza —anunció la señora Wood, y se lo entregó—. Espero que le guste.

—¿Hay alguien en el mundo a quien no le guste los pasteles que hace usted? —preguntó él, y luego miró a los chicos—. ¿Qué es eso que decían de vender pasteles?

Mike empezó a dar brincos.

—¡Mire este almacén! —gritó—. Mamá puede poner la cocina en ese rincón. Y hacer

muchos pasteles. Luego puede venderlos por ese ventanal y entre todos la ayudaremos.

—Bueno, bueno. ¿Y a quién se le ocurrió eso? —preguntó el señor McCarthy.

—A mi hermana Jessie —dijo Benny—, pero yo fui el primero en saberlo, ¿verdad, Henry?

—Sí, claro que sí. Señor McCarthy, tenemos que comprar un fregadero y un refrigerador. Y hay que pedirle al señor Gardner, el jefe, que permita utilizar esta sala.

—Podemos decirle al abuelo que nos deje comprar el fregadero y lo que haga falta —propuso Violet.

—¿Y si el abuelo de ustedes no les da permiso para todo eso? —replicó el señor McCarthy—. Hay que tener en cuenta que costará mucho dinero. Poca gente confiaría una tarea así a unos niños.

—Mi abuelo sí —afirmó Benny—. Durante una temporada vivimos solos en un vagón de carga. Entonces aún no conocíamos al abuelo. Y nos las arreglamos muy bien.

El señor Carter miró al vigilante y asintió.

—Sí, el señor Alden confía en estos

muchachos. Siempre trata de ayudarlos con sus proyectos.

El señor McCarthy se quedó observando a Jessie con una sonrisita curiosa.

—Lo que no entiendo es por qué quieren trabajar, chicos. ¿No son los propietarios de la mina? Su abuelo no debería dejarlos trabajar.

—No, no —contestó Jessie—. El abuelo no comparte esa mentalidad. Él ya tiene muchísimo dinero, pero dice que todo el mundo debería trabajar, que nadie puede ser feliz sin algo que hacer. Sabemos que es verdad, porque nosotros éramos muy, muy felices cuando no teníamos nada de dinero. Bueno, sí, ¡teníamos cuatro dólares! Cuando acabemos los estudios, quiere que nos pongamos a trabajar los cuatro para ganarnos la vida.

—No hay muchos abuelos así —aseguró el señor McCarthy, impresionado—. Y sé de buena tinta que el señor Alden es infatigable.

—¿Qué le parece lo del negocio de los pasteles, señor McCarthy? —preguntó Jessie.

—¿A mí? Hum, creo que los trabajadores querrán tantos que una sola cocinera no dará abasto…

—A lo mejor usted podría hacer publicidad…—sugirió Henry.

—¿Publicidad? No hará falta. En cuanto vean un letrero que diga "PASTELES" vendrán todos en tropel.

—¿Un letrero? —repitió Benny—. ¿Qué dijo de un letrero? ¡A mí se me ocurrió uno muy bueno: "La Cocina de la Madre de Mike"!

—¡Ay, lo pintaré yo! —se ofreció Violet.

—¡Estupendo! —exclamó Jessie—. ¡Y qué nombre tan estupendo para el negocio!

La señora Wood no dejaba de sonreír, pero tenía los ojos llorosos.

—Sí —reconoció—, todos los trabajadores conocen a Mike, y pronto conocerán a su madre.

—Cuando esté todo listo podemos tomar algunas fotos —dijo Henry—. Puede que las publiquen en el periódico, ¿no?

El señor McCarthy se acercó al ventanal.

—Sí —dijo—, aquí se podrían vender perfectamente.

Mike lo siguió y preguntó bajito:

—¿Vio el incendio de mi casa?

—No. No he ido.

—Fue un incendio tremendo —aseguró Mike—. Fue todo el mundo a verlo. ¿Usted por qué no? ¿No le llaman la atención los incendios?

—No, muchacho, desde luego que me llamó la atención, pero resulta que mi deber estaba aquí. Soy vigilante.

—Qué pena. Fue todo un espectáculo.

—Ya lo sé —dijo el señor McCarthy—, pero me pareció que había alguien cerca de la mina, así que no me moví de aquí. Busqué por todas partes, pero al final no encontré a nadie.

—Pero, bueno, Mike —exclamó Benny—, ¿de qué estás hablando?

Entonces el pequeño Mike sorprendió a todo el mundo. Se puso a dar brincos y a gritar:

—¡El sombrero azul! ¡El sombrero azul!

—¿Se puede saber qué es lo que te pasa? —preguntó Henry.

—Creo que sé cómo descubrir quién llevaba el sombrero azul —gritó Mike.

—¡No me digas! —exclamó el señor Carter—. Deberías trabajar para el FBI.

## Capítulo 7

## *El sombrero azul*

Todos los chicos suplicaron a Mike que contara lo que sabía del señor del sombrero azul.

—No —contestó el niño—. Aún no puedo decir nada. Quiero hablar con Ben. A solas.

—Es un asunto muy importante, Mike —recordó el señor Carter—. Si sabes algo, tu deber es contármelo.

—Sí, sí, se lo contaré. Pero tiene que esperar una hora, más o menos.

—¿A qué viene tanto misterio?

—Es que no estoy seguro —reconoció

Mike—. No estoy muy seguro de nada. También quiero hablar con Pat.

—Bueno, pues vamos a volver al rancho —propuso Henry, que creía que Mike en realidad no sabía nada sobre el desconocido.

—Apenas hemos visto a la tía Jane —recordó Violet—. Casi no hemos estado en casa desde que llegamos.

—Es porque ha habido un incendio —dijo Benny—. Teníamos que enterarnos qué había pasado en casa de Mike.

El señor Carter llevó a los cinco chicos a casa de la tía Jane y luego se marchó. Dijo que tenía asuntos que atender. Guardián y Señorita salieron corriendo a recibirlos. Se alegraban mucho de verlos.

—Bueno, no llegan muy tarde —dijo Maggie—, pero como me temía que sí, tenemos un almuerzo muy curioso.

—¿Qué es? —preguntó Benny.

—Perros calientes. Su tía dice que a todos los jóvenes les gustan los perros calientes.

—¡Nos encantan! —gritó Benny—. Y casi nunca comemos. ¡Viva la tía Jane!

—Cuéntenme qué se sabe del incendio —

pidió al cabo de un instante la tía.

Sentada a la cabecera de la mesa, iba sirviendo los perros calientes a los chicos, pero ella no comió ninguno.

—No me gustan —explicó, sonriendo—. Prefiero los huevos.

Los chicos se turnaron para ir dando las noticias. Le relataron toda la historia del incendio y su reencuentro con el señor Carter. Le hablaron de los planes que tenían para la señora Wood. Mike no decía nada. Estaba muy apagado.

—¡Te tiene miedo, tía Jane! —exclamó Benny.

—¡Yo no tengo miedo! La señora Alden es incapaz de matar una mosca. Lo dijo mi hermano, Pat.

—Desde luego, a un jovencito tan simpático como tú no le haría nada, Mike —rió ella—. Tienes que subir a ver tu nuevo cuarto. Está al lado del de Benny.

—Llevamos toda la mañana preparándolo —informó Maggie—. Hay sábanas limpias en la cama y un buen armario vacío para tus cosas.

—No tengo muchas —dijo el niño.

—¿No tienes nidos de pájaro, ni piedras, ni maquetas de aviones? —preguntó Maggie.

—Ah, pero ¿puedo guardar cosas así?

—Desde luego —respondió la tía Jane—. No tendría gracia que vivieras aquí si no pudieras tener tus propias cosas.

—¡Ay, ay, ay! —exclamó el pequeño—. ¿Y también me puedo traer a Manchas?

—Sí. Señorita siempre duerme en mi cuarto —dijo la tía Jane, pero de repente se detuvo—. Aunque ¿qué dirá Guardián?

—No creo que le importe mucho —contestó Mike—. En La isla de las sorpresas no se pelearon.

—Eso es verdad —confirmó Henry a la tía—. Se llevaron bien.

—Me haría mucha ilusión estar con Manchas —dijo Mike.

—Que no se suba a la cama, que está muy limpia —advirtió Maggie.

—Huy, no. En casa duerme en el sótano.

—Aquí no —respondió la tía—. Aquí puede dormir contigo en el cuarto. Lo que dice Maggie es que no se suba a la cama.

Entonces Mike volvió a quedarse en silencio. Parecía pensativo. Después de comer, Henry telefoneó al abuelo, que estaba muy lejos, en Greenfield. Le contó la historia del incendio. No sabía que el señor Alden ya estaba al tanto: el señor Carter ya lo había llamado.

—¿Y dices que conoces a ese muchacho, ese tal Mike? —preguntó el abuelo.

—Sí, iba a la escuela con Benny —respondió Henry—. Lo invitamos al pícnic de La isla de las sorpresas.

—Ah, ya me acuerdo. Su hermano estuvo a punto de ahogarse.

—¡Eres increíble, abuelo! No se te olvida nada. En fin, ahora la madre de Mike se quedó sin casa y queremos darle ese almacén grande de la mina, el que está vacío, para que haga pasteles.

—¿Eso es todo lo que quieren, Henry? —preguntó el señor Alden.

—Casi todo. Nos gustaría comprarle una cocina, un fregadero y un refrigerador. Podemos encontrarlo todo aquí.

—Adelante, muchacho —dijo el abuelo—. Tanto el dinero como la mina son de ustedes.

Es una idea muy generosa. Tenía algo previsto para ese almacén, pero puede esperar. Esto es más importante. Si necesitan algo más, pídanselo al señor Carter. Por cierto, ¿cómo está Guardián?

—Aquí lo tengo a mi lado, mirándome —respondió Henry—. Dile algo, abuelo.

—¡Hola, Guardián! —saludó el señor Alden.

—¡Guau, guau! —contestó el perro. Puso las patas delanteras encima de la mesita del teléfono y meneó el rabo.

—Lo oí ladrar —dijo el señor Alden, entre risas—. Y ahora pásame a los demás.

El señor Alden siempre hacía lo mismo. Charló con Violet, Jessie, la tía Jane y Benny.

—Soy el último, abuelo —dijo el pequeñín—, pero estaba delante cuando a Jessie se le ocurrió la idea de la cocina.

—Claro que sí, Benny. En fin, pórtate bien y cuida mucho a las chicas.

—No te preocupes. ¿Sabes qué? ¡Quieren un refrigerador azul! Yo prefiero que sea blanco, pero voy a ceder.

—Bien hecho —lo felicitó el señor Alden—. Hasta pronto.

Después de la conversación telefónica, Mike pidió hablar con Benny a solas.

—Sube a ver tu cuarto —dijo este—. Allí podremos hablar.

Mike no tenía ni idea de lo lindo que sería su dormitorio. Lo miraba todo boquiabierto.

—Es maravilloso, Ben —afirmó—. Y encima a tu lado.

—En el papel de mis paredes hay aviones —contó Benny—. Lo eligió la tía Jane para mí. Ella también es maravillosa.

—Oye, Ben —dijo entonces Mike—. Cuando estábamos en la mina recordé algo.

—¿Qué fue?

Los dos amigos se sentaron en el suelo y acercaron las cabezas.

—Bueno, ¿te acuerdas de que tuvimos que atar a Manchas porque ladraba?

—Sí, sí.

—Bueno, pues ladraba siempre. A todo el mundo, a las llamas también. Estaba muy alterado. Pero una vez se puso a gruñir, Ben.

—¡Ah, ya! ¡Claro, eso es distinto! ¿Y a quién le gruñía?

—¡Al señor del sombrero azul! —exclamó

Mike—. Bueno, en realidad no sé qué sombrero llevaba, pero creo que lo vi delante del fuego. Y Manchas lo miraba y gruñía.

—Supongo que nunca gruñe.

—¡Nunca! —exclamó Mike—. A no ser que tenga una buena razón. Y otra cosa, Ben. ¿Te acuerdas de la foto de Pat en el periódico? Pues yo tendría que haber salido.

—¿Y eso?

—Bueno, estaba a su lado, pero no me sacaron. Antes de que vinieras, me pasaba el día en la mina. Conocía a todo el mundo. Y vi al desconocido. Era bajito.

—Ajá. ¿Y hablaste con él?

—No, pero vi que hablaba con el señor McCarthy. ¡Y creo que era el señor al que le ladró Manchas!

—¡Huy, vaya! —exclamó Benny—. ¡Entonces debe de ser el que dijo que habías provocado el incendio!

—Exacto. Qué misterio, ¿verdad?

—Sí, desde luego —reconoció Benny—. Ahora hay que ir a ver al señor McCarthy.

—¡Eso! Pero sin correr. El señor Carter me dijo que debería ser agente del FBI.

—Sí, es verdad —dijo Benny—. Y a mí me gustaría volver a ver esa foto.

Y los dos chicos bajaron corriendo para buscarla.

## Capítulo 8

## *Secretos*

Todo el mundo buscó el periódico viejo, pero no apareció.

—Los meto todos en esa caja —dijo Maggie—. Siempre los guardo.

—Sí, están todos menos el que nos interesa —contestó Benny.

—Yo lo tenía, pero se quemó en el incendio —apuntó Mike.

—Bueno, no se preocupen —aconsejó la tía Jane—. Siempre pueden comprar otro si van a la redacción.

Entonces intervino Henry:

—Mike, ya sabes que ahora debemos ir a comprar la cocina. Ya mirarás el periódico en otro momento.

—Es que es un periódico muy importante —intervino Benny—. Bueno, supongo que podemos esperar.

—En ese caso, vamos —dijo Jessie—. ¡Qué divertido va a ser comprar todo eso! Nunca he comprado una cocina.

—¿No creen que debería venir la señora Wood? —preguntó Violet—. Así puede elegir la que más le guste.

—Tienes razón, como siempre —reconoció Henry—. Vamos. Sí, Guardián, esta vez puedes acompañarnos.

Señorita, en cambio, se quedó con la tía Jane, como era habitual.

Los chicos pasaron por la casa azul. A la señora Wood le gustó la idea de ir de compras con los chicos.

—Vamos a llevar también a Manchas —sugirió Mike—. No le gusta estar atado. Le encantará ir.

—¿Y no habrá problema con Guardián? —preguntó Jessie.

—Vamos a probar —dijo Mike.

Todo el mundo se alegró al ver a los dos perros andar juntos.

La tienda era grande y tenía muchas cosas. Había mesas, sillas, cocinas y platos de todo tipo. La señora Wood echó un vistazo. Eligió con gusto una cocina enorme, con dos hornos amplios. El refrigerador también era grande.

—Necesita mucho espacio para tantos pasteles —comentó Benny—. ¿De qué color lo quiere, señora Wood?

—Bueno, me da exactamente igual.

—Mis hermanas prefieren el azul.

—Pues entonces vamos a comprarlo todo azul —propuso ella—. ¡Mira qué lindo es ese fregadero azul!

—Se lo instalaremos todo —aseguró el vendedor—. ¿Dónde será?

—En aquel edificio vacío que hay al lado de la oficina de la mina —contestó Henry—. Mi abuelo dijo que le pagáramos cuando terminen de instalarlo.

—De acuerdo —dijo el vendedor, sonriendo.

—Según el señor Carter, el seguro pagará

lo que perdimos en el incendio —contó la madre de Mike—. Eso espero, porque no nos quedó casi nada.

—¡Señora Wood, vamos a comprar la vajilla! —rogó Violet, y todo el mundo la miró sorprendido, porque en general era muy callada.

Jessie le pasó el brazo por los hombros.

—Ay, cariño —dijo—. Pues claro que vamos a comprar la vajilla. ¿Le parece bien, señora Wood?

—Sí, me gusta mucho que me ayuden. Tienen muy buenas ideas.

—¿Dónde va a poner la vajilla? —preguntó el vendedor—. No van a vivir en la mina, ¿verdad?

—¿En la mina? Huy, no —contestó la señora Wood—. Pero de momento podemos dejarla allí.

—¿Y por qué no? —preguntó Benny, de repente—. En algún sitio tienen que vivir.

—Y tardarán mucho en reconstruir la casa rosada —añadió Henry.

—La verdad es que no me gustaría quedarme mucho tiempo con la señora Smith

—reconoció la señora Wood—. Tendré que vivir en alguna parte. ¿En la mina por la noche queda alguien?

—Hay cuatro vigilantes —dijo Henry—. Lo pregunté. Además, el señor Carter vive en la casa verde. Es la que está más cerca.

—Hablaré con él, pero primero hay que elegir los cuencos y los platos.

—¡Qué colores tan lindos! —exclamó Jessie.

Había platos y tazas de todos los colores: rosado, azul, amarillo, verde, violeta y naranja claro.

—¿Por qué no elige uno de cada color? —propuso Benny —. Serían seis.

—Necesito siete —contestó la señora Wood, entre risas—, porque algún día tienen que venir ustedes a cenar.

—Yo creo que necesita una docena, señora Wood —aseguró Jessie, muy decidida—; es decir, dos de cada color.

—Sí —dijo Benny—. Y así yo podría beber de la taza rosada…Bueno, si un día fuera a cenar, claro.

—Ja, ja, ja —rió Jessie—. Benny tiene una

en casa. Le encanta porque le recuerda al vagón de carga. No me haría ninguna gracia que se me rompiera.

—También hay que escoger cubiertos, y cazuelas —recordó la señora Wood.

El vendedor se quedó pensativo y por fin dijo:

—Señora Wood, ¿me permite intervenir? Yo en su lugar no compraría demasiadas cosas.

—¿Y eso por qué? —preguntó Mike.

—Bueno, no quiero irme de boca —respondió el señor—, pero sé que sus amigos van a hacerle algún regalo.

—¡Ay, qué buena gente! — exclamó la señora Wood—. ¡Ni se me había ocurrido!

—Que no se sepan que se lo dije —pidió él.

—Mantendremos el secreto, todos —aseguró Benny—, pero es verdad que sería una pena que comprara muchas cosas y luego le regalaran lo mismo.

—En realidad, creo que ya tiene suficiente —dijo el vendedor—. Vamos a dejarlo así. Pueden ir en el camión si quiere. Los chicos que se sienten detrás con la cocina y usted, en la cabina al lado del conductor.

—Yo también quiero ir en la cabina —pidió Mike.

—Muy bien —accedió el vendedor—. Sube.

Los dos perros esperaban en la puerta de la tienda. Al cabo de un rato ya estaba todo en el camión: las compras, los chicos y los perros. Cuando arrancó, todo el mundo los despidió agitando la mano, con mucha alegría. Los niños hicieron lo mismo. Los perros no dejaban de ladrar.

—¿Cómo va a meter esa cocina tan grande en el almacén, señor? —preguntó entonces Mike.

El conductor sonrió.

—No me faltará ayuda —afirmó—. Espera y verás.

—Supongo que llamó a alguien por teléfono —dijo el niño.

—No, pero el vendedor sí. Todos tenemos nuestros secretos, ¿no? ¡Miren, ahí, al lado de la oficina de la mina!

El camión se detuvo lentamente. Los chicos observaron sorprendidos a toda la gente que se había congregado y luego se echaron a reír sin parar.

## Capítulo 9

# *Manos a la obra*

Había muchísimos mineros esperando la llegada del camión. Todos sonreían. Henry, Benny y Mike bajaron de un salto y echaron una mano a Jessie y a Violet.

El conductor ayudó a la señora Wood a bajar del asiento de la cabina, que estaba muy alto.

—Vamos a meter todo esto —anunció uno de los trabajadores de la mina—. Usted díganos dónde quiere cada cosa.

La señora Wood, los chicos y el conductor entraron y miraron bien el almacén. Los perros correteaban y ladraban.

En ese momento salió el señor Carter de la oficina.

—¡Ah, hola, señor Carter! —saludó Henry—. Precisamente queríamos hablar con usted.

—Yo, la primera —aseguró la señora Wood—. Para pedirle algo.

—Usted pida, señora mía —contestó él con una sonrisa en los labios.

—Bueno —empezó la mujer, despacito—, tengo muchísimas ganas de ponerme a hacer pasteles. Y me encantaría instalarme aquí mismo en este almacén con mis dos hijos.

—¡Es lo que dije yo! —gritó Benny—. Si tiene que vivir en algún sitio, ¿por qué no aquí?

—Sí, es cierto que lo dijiste, Benny —reconoció la señora Wood—. Me diste la idea. ¿Sabe usted, señor Carter? Según los muchachos, hay vigilantes toda la noche que me ayudarían si necesitara algo. Y no se tardaría mucho en levantar unas paredes de tablones para hacer dos dormitorios, ¿verdad? Me vendría muy bien para ponerme a cocinar a primera hora.

—¡Ay, qué idea tan maravillosa! —exclamó Jessie—. Y nosotros también podemos ayudar, señor Carter.

—Sí, creo que sería posible —contestó él—. He hablado con el jefe, el señor Gardner. Dice que, si a mí me parece bien, adelante.

—Pero ¡qué divertido! —chilló Benny.

—A ver, ¿quién podría levantar esas paredes de tablones? —preguntó, entre risas, el señor Carter, señalando a los mineros, que estaban entrando la cocina.

—¿Usted cree que se ofrecerían? —dijo Violet en voz baja.

—Claro que sí —contestó uno de ellos, que la había oído—. Hoy tenemos tiempo libre.

—¡Entonces podrían hacer las habitaciones hoy mismo! —gritó Mike, al que nunca le gustaba esperar para nada.

Otro de los hombres se rió al oírlo.

—Tendrás que dar una mano, jovencito —dijo.

—Sí, sí, claro —respondió el niño—. Les diré dónde va todo.

—Eso es lo que hace el jefe. Serás el jefe Mike.

—Pues le sentaría bien —opinó Benny—. En serio. Y a mí también. A ver, en esa ventana estará el cuarto de Mike, y en la siguiente, el de la señora Wood. En todos los dormitorios habrá una ventana, para que entre mucha luz.

—¡No está nada mal! —reconoció el minero—. En la oficina ya hay agua corriente, así que bastará con alargar la instalación para que llegue hasta el nuevo fregadero.

¡Qué alboroto montaron! Unos hacían agujeros en el suelo para pasar las tuberías. Otros les daban martillazos para doblarlas. Los perros ladraban sin descanso. El señor Carter llamó tres veces por teléfono y no tardaron en llegar unos tablones largos. También aparecieron más trabajadores.

—Mi cuarto puede ser pequeño —aseguró la señora Wood—. Basta que quepa una cama.

—El mío, grande —intervino Mike—, porque Pat y yo tendremos una cama cada uno, y quiero otra para Ben. Me gustaría que viniera a dormir alguna vez.

—Muy sencillo —contestó uno de los hombres—. Un cuarto pequeño y otro grande. ¿Esta noche la pasarán aquí?

—No —dijo Mike—. No tenemos camas.

—¿Qué dijiste? —gritó Benny—. ¡Mira por la ventana!

Acababa de llegar otro camión. Por la parte de atrás sobresalía una cama. Era un catre militar.

El señor Carter bajó los escalones a toda prisa y le dijo algo al conductor.

A Violet le pareció que este había contestado "Enseguida vuelvo", pero no estaba segura.

—¡Vengan, chicos! —los llamó, ya en voz alta, apenas los vio—. Ayúdenme a bajar todo esto.

Los tres muchachos ayudaron encantados. Debajo del catre encontraron unas sillas plegables.

—¿De dónde salieron estas cosas? —preguntó Henry.

—Las mandan los vecinos —explicó el conductor—. Todo el mundo quiere ayudar a la señora Wood. Esto lo han comprado, pero…—se detuvo y finalmente agregó—: No me hagan más preguntas.

Sin embargo, Benny insistió:

—¿Para qué son esos barriles?

—Están llenos de harina los dos —aseguró el conductor.

—Para los pasteles —dijo Violet.

—Ah, pues un barril es algo muy útil —apuntó Benny—. Basta con poner una tabla encima y ya tienes un asiento.

—O una mesa —añadió Jessie—. ¿Recuerdan la de nuestro establo en La isla de las sorpresas?

Poco después, los chicos se acomodaron uno al lado del otro ante una larga mesa y fueron viendo cómo aparecían ante sus ojos las habitaciones.

—Es como un partido de béisbol —dijo Henry.

—Como una carrera —dijo Benny.

—Un día tendríamos que montar una carrera —respondió Henry—. Guardián y Manchas deberían competir con todas las de la ley.

—¿Tú crees? —preguntó Mike—. Guardián corre muy deprisa.

—¡Ah, claro! —exclamó Benny—. ¡Te da miedo que vuelva a ganar!

—¡Mentira! ¡Manchas también corre muy deprisa!

—¡Vamos, muchachos, no se peleen! —ordenó Henry—. Disfruten del día. ¿Quién llega en ese carro? Es una mujer.

—Es mi vecina, la que vive en la caza azul —contestó la señora Wood, y se dirigió a la puerta—. Mike, ve a ayudarla con esa caja.

La señora Smith se acercó sonriente y dio la mano a todo el mundo.

—Señora Wood, sus amigas queremos ayudar. Hemos rebuscado entre nuestras cosas y todas hemos aportado algo. Es una fiesta sorpresa.

—¡Qué buenas son ustedes! —contestó la madre de Mike, con lágrimas en los ojos.

—La teníamos prevista para la semana que viene, pero nos llamó el señor Carter para decir que era mejor hacerla ahora, así que todo el mundo está en camino.

—Pues el señor Carter tiene razón. Ahora es cuando más lo necesito.

—En esa caja hay dos sábanas y dos mantas —explicó la señora Smith—. Y van a traer más.

Mientras hablaba llegó otro carro. Y luego otro, y otro. Al poco rato la sala estaba llena de mujeres con cestas y cajas que contenían todo lo que necesitaba la señora Wood.

—¡Ay, ay! —exclamó Jessie—. Qué maravilla, ¿verdad, Violet? ¡Mira a qué velocidad montan los estantes estos señores!

—Voy a poner mi taza rosada en uno — gritó Benny.

—¡Miren por la ventana! —gritó entonces Mike.

Uno de los mineros ayudaba a alguien a bajar de un carro. Era la tía Jane, con sus intensos ojos azules y sus mejillas sonrosadas. Llevaba un periódico en la mano. Señorita iba a su lado.

Todos los chicos corrieron hacia ella. Todos menos Mike, que se quedó quieto. Había clavado los ojos en el periódico.

## Capítulo 10

## *La idea de Mike*

—¡Ay, tía Jane! —dijo Jessie—. ¡Cuánto me alegro de que vinieras! La señora Wood va a vivir aquí. Se dedicará a hacer pasteles y a venderlos.

—Sí, ya lo sé —rió la anciana—. Lo sé todo. Me lo dijo un pajarito.

—¿Quién? —preguntó Benny.

—Bueno, en realidad fue un pájaro bien grande: el señor Gardner, el jefe. Mandó el carro a buscarme.

La tía Jane entró en el amplio almacén. Mike se acercó y le tendió la mano. Ella le entregó el periódico con una sonrisa.

—Lo encontró Maggie —anunció—. No tuve aún tiempo de mirarlo, pero estoy segura de que es el que buscabas, Mike.

Luego, todos trataron de contarle a la tía Jane la historia de las dos habitaciones nuevas.

—¡Tienen puerta! Hay dos, una por cuarto —dijo Benny, y el señor que estaba instalándolas se rió al oírlo.

Jessie le enseñó los barriles de harina, y Violet los estantes, en los que ya había muchos platos.

La tía Jane también había llevado cosas. Un señor las metía al almacén. Eran unos calderos grandes y unos cucharones largos, además de ollas y cucharas más pequeñas.

—También tendrá que preparar la comida para ustedes, señora Wood —recordó—. Me pareció que todo lo demás sería demasiado grande.

—Tiene usted razón, señora Alden. También hay que guisar para mi familia —reconoció la señora Wood, y entonces preguntó—: ¿Dónde está Mike?

Pero el niño había desaparecido.

—¿Dónde se habrá metido? —exclamó Jessie—. Hace un momento estaba aquí.

—No le pasará nada —aseguró la señora Wood, riendo—. Sabe cuidarse solo a las mil maravillas. Seguro ha tenido una idea.

En efecto, Mike había tenido una idea y se había ido a la oficina a hablar con el señor Carter. El periódico estaba abierto en el escritorio y los dos miraban la fotografía.

—¿Ve a ese señor? —preguntó Mike—. Es el que hizo gruñir a Manchas. Lleva sombrero, pero no se distingue si es azul o no. Manchas debía de haberlo visto antes.

—Yo también lo conozco —contestó el señor Carter, frunciendo el ceño.

—¿De dónde?

—No me acuerdo.

—Bueno, estaba mirando el incendio —aseguró Mike—; yo lo vi.

—Y también estuvo en la mina. Esta fotografía lo demuestra.

—Me parece que no es buena persona —dijo Mike—. Tiene mala pinta.

—Estoy de acuerdo. Hay que mantener los ojos bien abiertos, Mike.

Entonces alguien llamó a la puerta.

—¡Adelante! —dijo el señor Carter, y entró Benny.

—¡Ah, estás aquí, Mike! —exclamó—. Te habíamos perdido. Tuve otra idea.

—Siéntate —pidió el señor Carter con una sonrisa—. Vamos a sentarnos todos y nos la cuentas.

—Bueno —empezó el pequeñín—, ya sabe que Mike estaba haciendo una caseta para Manchas.

—No, no lo sabía.

—No importa —respondió Benny—. El caso es que la estaba haciendo. Y ya sabe cómo es. No muy ordenado.

—¡Mentira, sí que soy ordenado!

—No, Mike. ¡Escúchame! Tenías tablones en el sótano. Algunos estaban al lado de la caldera, otros apoyados en la escalera, y había más a la derecha y a la izquierda.

—Bueno, sí, es verdad. Pero estaban ordenados. Estaban de pie, bien puestos.

—Lo que quiero decir es que estaban en los cuatro lados del sótano —dijo Benny—. ¿No lo entiendes? ¡Por eso empezó el incendio por los cuatro costados de la casa!

—¡Bien pensado, Benny! —admitió el señor Carter—. El caso es que los bomberos creen que el incendio lo provocó alguien.

—¡No fui yo! ¡Yo no hice nada! —gritó Mike.

—¡Tranquilo, Mike! —ordenó el señor Carter con decisión—. No dije que fueras tú, sino "alguien".

—Bueno, ¿quién? —preguntó el niño—. ¿Quién iba a incendiar nuestra casa estando Manchas en el sótano?

—Aún no lo sé.

—Piénsalo bien, Mike —intervino Benny—. ¿Qué pudiste decir para que alguien se molestara?

—Yo no dije nada.

—Sí, algo tuviste que decir —insistió Benny—. Todos sabemos que hablas mucho.

Mike reflexionó un poco.

—Puede que sí dijera algo un día —reconoció—, pero fue hace mucho. Creo que dije que me alegraba de que la señora Alden no les hubiera vendido el rancho a aquellos tres señores el verano pasado. ¿Te acuerdas, Ben?

Creo que dije que si los veía los reconocería al instante.

—¡Vaya! —exclamó el señor Carter.

—Pero, Mike, ¿cómo ibas a reconocerlos, si no llegaste a verlos? —razonó Benny.

—Ya lo sé. Y ahora me arrepiento de haberlo dicho. Supongo que el señor de la foto me oyó y creyó que iba a reconocerlo.

—Bueno, Mike, ¿entiendes por qué corría la historia de que tú habías provocado el incendio? —preguntó el señor Carter pausadamente—. El señor del periódico debió de oírte y se asustó. Y por eso decidió hacerte daño a la primera oportunidad que tuvo.

—No podemos demostrarlo —objetó Benny.

—Ya podremos —replicó Mike—. Espera y verás.

—Sí, Mike, creo que lo conseguiremos. Pero, atención, chicos: voy a decirles algo. Sé que los dos hablan por los codos, pero de este asunto no pueden decir nada.

—Prometido —dijo Benny.

—Prometido —dijo Mike.

—Sabemos que los tres individuos que

trataron de comprar el rancho de la señora Alden el verano pasado son mala gente. Encontraron el uranio por casualidad, pero no se lo dijeron a nadie e intentaron quedarse con estas tierras por muy poco dinero. El FBI los buscaba en otro estado. Los detuvieron y los metieron en la cárcel, pero me contaron que uno ya salió.

—¿Usted es del FBI? —preguntó Benny.

—Yo trabajo para tu abuelo, pero también ayudo al FBI. Creo que ese señor puede ser uno de aquellos tres, pero en la fotografía no se le ve bien la cara.

—Se enfadaron porque la tía Jane no quiso venderles el rancho —recordó Benny.

—Exacto —dijo el señor Carter—. Si no lo detenemos, podría dañar la mina, así que vamos a traer a dos vigilantes nocturnos más. Tu madre estará completamente a salvo.

—Vamos a tu nueva casa, a ayudar a prepararlo todo para la noche —propuso Benny.

Las cosas habían avanzando a buen ritmo en su ausencia. Todo el mundo iba de un lado para otro. Colocaron una tabla de mesa para los pasteles. Abrieron un barril de harina.

Llegó Pat con más trabajadores y latas grandes de cerezas, melocotones, arándanos y manzanas. También llevaban unas bolsas de azúcar enormes. Y había montones de moldes de hojalata para los pasteles.

—¡Ay, qué buenos son todos! —exclamó la señora Wood.

Al cabo de un rato ya funcionaban los hornos, el refrigerador y el fregadero. Las latas de fruta jugosa estaban listas. Los rodillos y las tablas esperaban encima de la mesa.

Benny y Mike habían llegado a tiempo para ayudar a hacer las camas. Jessie y Violet empezaron a colocar las sábanas blancas.

Y entonces Mike sorprendió a todo el mundo al decir:

—Mamá, yo preferiría quedarme con Ben en su casa. Es que la señora Alden me preparó una habitación muy linda y me dijo que podía llevar mis cosas y que Manchas podía dormir conmigo. Me parece que sería de mala educación rechazar la invitación.

—Pero ¡bueno, Mike! —dijo el señor Carter—. ¡Desde luego, te estás volviendo un muchacho muy atento!

—Me alegro mucho de que te quedes con nosotros —añadió la tía Jane, sonriente.

—Sí, Mike —dijo su madre—. Fuiste muy considerado.

—Además, quiero irme con Ben —insistió el niño—. Así podremos hablar.

—¡Muy bien! ¡Muy bien! —exclamó Henry—. ¡Desde luego que podrán hablar!

—Y yo me ocuparé de ti, mamá —dijo Pat.

—Sí —contestó su madre, sin dejar de sonreír—. Pat se ocupará de mí, y el señor Carter dice que ahora hay seis vigilantes nocturnos, en lugar de cuatro. Aunque no sé por qué.

Mike y Benny se miraron. Ellos sí lo sabían.

## Capítulo 11

## *El gran día de los pasteles*

Por la noche, todo el mundo estaba cansado. Ni siquiera Mike y Benny hablaron mucho rato. Habían puesto una alfombra mullida en el suelo para Manchas, pero no quiso dormir allí y prefirió tumbarse en el duro suelo, debajo de la cama de Mike.

—Típico de los perros —comentó Mike—. Nunca se quedan donde tú quieres.

—Señorita siempre duerme en el cuarto de la tía Jane, y Guardián en el de Jessie —dijo Benny—. En realidad, es su perro, ya lo sabes.

—No lo sabía. Creía que era tuyo.

—Bueno, todos somos de todos.

—Ay, no te entiendo, Ben —dijo Mike, bostezando. Tenía tanto sueño que no le apetecía discutir.

—Buenas noches —se despidió Benny, y volvió a su cuarto.

Los dos se durmieron enseguida.

Mientras, en la mina, la señora Wood y Pat se acostaron en sus nuevas camas. Ella quería madrugar a la mañana siguiente.

Serían las seis cuando despertó a Pat. Para desayunar había huevos con tocino, tostadas, cereales y dos vasos de leche.

—Qué ganas tengo de empezar a hacer un pastel —dijo—. Ve a lavarte al fregadero, hijo, y luego desayuna. Después podrás ayudarme.

—Seguro que Mike y Ben también se levantan pronto —aventuró el muchacho—. No les gusta perderse nada, ¿verdad, mamá?

—No. No se pierden demasiadas cosas —respondió, sonriente, la señora Wood.

Apenas terminó de fregar los platos entraron por la puerta los otros cinco chicos.

—Nos trajo en carro uno de los mineros —explicó Benny—. ¡Miren lo que tiene Violet!

La niña llevaba un pedazo de madera en el que había escritas unas grandes letras negras. Era el nuevo letrero que iban a colocar encima de la puerta. La señora Wood lo leyó:

—"La Cocina de la Madre de Mike". Qué preciosidad.

Henry se subió a una escalera y lo clavó en su sitio.

—Y ahora díganos qué hay que hacer, señora Wood —pidió Jessie, que estaba emocionada, con las mejillas bien sonrosadas.

—Bueno, yo con los pasteles cumplo una buena regla: no se toca la masa con las manos. Se pone entre dos trozos de papel encerado antes de empezar a pasarle el rodillo. Chicas, ustedes vayan mezclando harina con mantequilla en esos cuencos grandes. Les enseño.

—Jessie ya sabe —aseguró Benny—. Hace unos pasteles muy ricos.

—Sí, estoy segura. —La señora Wood sonrió—. Muchachos, ustedes pongan los dos hornos a doscientos grados. ¡Esta cocina que compraron es maravillosa! Luego coloquen treinta moldes uno al lado del otro en la mesa larga.

Al momento todo el mundo estaba muy atareado.

—Hoy, como es el primer día, solamente voy a hacer pasteles de dos tipos —anunció la cocinera—. De cereza y de manzana. Muchachos, abran las latas y déjelas en la mesa larga. Y mantengan alejados a los perros.

—Voy a atarlos —dijo Mike.

—Huy, no —respondió Jessie—. No ates a Guardián. Escúchame bien, Guardián: ¡échate!

El animal obedeció al momento y levantó los ojitos hacia su dueña. Meneó la cola, pero no se levantó.

—Ojalá Manchas obedeciera así —se lamentó Mike—. Hay que atarlo.

—Podríamos enseñarle algún día —apuntó Benny—, pero haría falta una caja entera de galletas de higo. Cuando empieza a tumbarse le das un trocito, y cuando se levanta le gritas: "¡No!". Así, bien fuerte.

—Ja, ja, ja —rió la señora Wood—. Un día prepararé galletas de higo.

En total hicieron treinta pasteles. Las chicas ayudaron a pasar el rodillo por encima de la masa, colocada entre dos pedazos de papel. Luego la metieron en los moldes sin tocarla.

—¡Ay, qué divertido! —exclamó Violet.

—Niños, da la impresión de que ustedes se divierten solo con portarse bien con alguien —aseguró la señora Wood mirándola con cariño.

—¡Viene alguien! —gritó entonces Mike desde la puerta, que estaba abierta—. Es una señora del pueblo.

—He oído que venden ustedes pasteles —dijo la recién llegada, con alegría.

—Sí, pero aún no salieron del horno —explicó Mike.

—¿Cuándo estarán, pequeñín?

—Yo no soy pequeñín —replicó Mike—, pero voy a preguntárselo a mi madre.

—¡A las diez! —gritó la señora Wood.

—A las diez —repitió su hijo.

—A esa hora volveré —aseguró la señora—. Quiero uno de manzana.

—Se lo guardamos, no se preocupe. La reconoceré. Es usted muy bonita.

—Ah, gracias. —La señora se rió—. ¿Tú eres Mike?

—Sí. Y la que hace los pasteles es mi madre.

Cuando los pasteles salieron del horno, desprendían un aroma delicioso. Estaban doraditos. La señora volvió por el suyo a las diez de la mañana.

—Le pasé la voz a unos cuantos vecinos —afirmó— y también van a venir a comprar.

—Espero que queden suficientes para los mineros —comentó la señora Wood—. En realidad, los hicimos para ellos.

—¡Pues vamos a hacer más! —propuso Jessie—. Sería una pena que los trabajadores se quedaran sin pasteles.

Las chicas no tardaron en preparar más masa. Los chicos abrieron otra lata de cerezas. Fue una buena idea: cuando sonó el timbre a las doce, los hombres salieron en tropel de la mina y, al ver el nuevo letrero, todos decidieron que querían pasteles. Al poco rato ya estaban vendidos todos.

—No quedó ninguno para nosotros —observó Mike con tristeza.

—Sí, hijo, guardé uno —respondió su madre—. Se había quemado ligeramente. Podemos cortarlo en siete pedazos.

—A mí me gustan un poco quemados —dijo Benny.

Toda la familia se sentó a la larga mesa para almorzar. Maggie había mandado una gran cesta con bocadillos, ensalada y limonada rosada con hielo. Todos tenían mucha hambre.

—¿Y ahora qué hacemos? —preguntó Violet.

—Más pasteles no, eso seguro —respondió la señora Wood—. Por hoy ya trabajamos bastante.

—¿Y qué hay de la carrera? ¡Que corran los perros! —propuso Benny.

—Muy bien —dijo Mike—. Que corran detrás de donde estaba mi casa rosada. Hay un descampado, no faltará sitio.

Jessie quiso lavar los platos antes. Llenó el fregadero de agua caliente con jabón y luego, uno por uno, fue metiendo los platos y frotándolos con una esponja.

—Cómo me gusta lavar los platos —comentó, mientras los enjuagaba con más agua caliente y los colocaba en el escurridor—. No hace falta pasarles un trapo, se secarán solos porque están muy calientes.

Al cabo de muy poco tiempo ya estaban todos los chicos en el descampado con los perros. Habían llevado dos huesos enormes comprados en la tienda.

—Bueno, Mike, tú retén a Manchas —ordenó Henry—, y Jessie que retenga a Guardián.

—Sin pisar esta raya —advirtió Benny.

—Eso —dijo Henry—. Entonces yo agarro un hueso y me voy hasta allí, donde está la valla. Ben, tú sígueme con el otro. Primero que los perros los huelan.

Los animales tenían muchas ganas de morder los huesos. Trataron de soltarse y salir detrás de Henry, pero Jessie y Mike los retuvieron con fuerza.

—Tú vas a contar, Violet —gritó Henry desde la valla—. Di "Preparados, listos, ya", ¡y entonces que los suelten!

Cuando Henry y Benny llegaron a la valla, se sentaron en el suelo con los huesos y los levantaron para que los perros los vieran.

—¡Preparados, listos, ya! —gritó Violet.

Los animales salieron disparados. Guardián se dirigió hacia Henry, y Manchas, hacia Benny. Corrían a toda prisa e iban muy

igualados. Al cabo de un momento, Manchas
sacó ventaja. Luego fue el turno de Guardián.
Después volvieron a estar igualados.

De repente pareció que Manchas se daba
la vuelta. Perdió velocidad. Derrapó como un
carro. Después retrocedió un poco, olisqueó
la tierra y se puso a escarbar.

—¿Qué pasa? —preguntó Henry, asombrado.

—¿Qué le pasa a Manchas? —gritó Mike.

El perro seguía escarbando. Entonces
Guardián también se paró. Regresó al trote
junto a Manchas y se puso a cavar con él.
Manchas empezó a gruñir, pero no le gruñía
a Guardián.

—Ay, qué raro, ¿no? —dijo Jessie.

Los chicos se acercaron y observaron a
los perros. La tierra salía volando en todas
direcciones. Manchas no dejaba de gruñir.

—Debe de haber algo enterrado —dijo
Henry—. Quizá un hueso.

—No puede ser —aseguró Mike—.
Manchas no gruñiría por un hueso.

—Bueno, sea lo que sea, está a mucha
profundidad —contestó Henry—. Miren qué
agujero tan grande.

En ese momento Manchas se puso a gruñir y ladrar a la vez. Hacía muchísimo ruido. Agarró algo con sus dientes blancos y se sentó sin soltarlo, gruñendo todavía. Era un sombrero azul de hombre.

## Capítulo 12

# Una lata vacía

Al ver que Manchas desenterraba aquel tesoro, Benny exclamó:

—¡El sombrero azul! ¡Por fin!

—Ese hombre tenía miedo de ponérselo —dijo Mike.

—Eso demuestra que tramaba algo —dedujo Henry con calma.

—¡Y es el que sale en la foto! —añadió Mike—. Ahora estoy seguro de que lo reconocería.

—Creo que él también lo sabe —dijo Jessie—. Hay que ir a contárselo todo al señor Carter.

—Bueno, Jessie, estoy seguro de que ya lo sabe —respondió Benny.

Mike lo miró con cara de pocos amigos, como queriendo decir: "Benny, no te vayas de boca".

—Muy bien, hay que darles los huesos a los perros y luego ir a ver al señor Carter —afirmó Henry.

Sin embargo, no tuvieron tiempo de moverse. De repente, Guardián se puso a excavar otra vez. Los chicos se fijaron en que la tierra estaba removida. Fue cuestión de poco tiempo. Guardián no gruñó, pero enseguida se topó con algo duro. Henry se agachó y sacó una lata de gasolina vacía.

—Pero ¡bueno! —exclamó Henry—. Qué suerte haber encontrado esto. Ese señor debió de echar gasolina para incendiar la casa.

—Y Manchas lo vio entrar en el sótano —añadió Mike—. Por eso le tiene cólera.

Regresaron todos a la oficina de la mina a paso lento. Una vez allí entraron y le contaron al señor Carter que habían montado una carrera.

—¿Y qué perro ganó? —preguntó él, riéndose.

—Ninguno de los dos —contestó Mike.

Entonces le dijeron que Manchas y Guardián habían dado media vuelta para ponerse a escarbar, y le enseñaron el sombrero y la lata.

—Esto es muy, muy importante —exclamó el señor Carter—. Lo hicieron muy bien. Pronto se descubrirá todo.

En ese momento Benny abrió la boca para decir algo, pero al ver a Mike la cerró de golpe. Su amiguito asintió, sonriente.

Una vez fuera, Benny le susurró:

—¿Te acuerdas del señor McCarthy, el vigilante nocturno? Dijo que la noche del incendio iba hacia tu casa…

—Sí, y de repente dio la vuelta —continuó Mike—, porque vio a un hombre que corría, y su deber era quedarse en la mina.

—Exacto. ¿Entiendes lo que quiere decir eso?

—¡Ay, Ben! ¡Seguro que ese señor iba a volar la mina! Y provocó el incendio para distraer a todo el mundo.

—¡Eso es! —contestó Benny—. Creo que tendríamos que contárselo al señor Carter ahora mismo. ¡Es muy importante!

Volvieron los dos solos y, tras oír las novedades, el señor Carter, les dijo:

—¡Bien hecho, chicos! Es una excelente teoría. Me pongo a trabajar ahora mismo. Voy a asignar a dos de mis mejores hombres a ese asunto.

Los chicos se quedaron muy satisfechos.

—En realidad, estamos trabajando con el FBI, Ben —afirmó Mike con orgullo.

—Y supongo que lo más importante es no decir nada —añadió Benny.

—Sí, supongo —contestó Mike, entristecido—. Qué pena que nos guste tanto hablar, Ben.

Cuando los chicos volvieron a casa para cenar, la tía Jane se alegró mucho. Le encantaba escucharlos a todos. Maggie se rió durante un buen rato con Mike y Benny, que iban con mucho cuidado con lo que decían.

Entre los cinco devoraron todo lo que había en la mesa. Comieron hamburguesas, panecillos, tomates, frijoles y maíz, y bebieron muchos vasos de leche.

Cuando ya había desaparecido todo, Benny comentó:

—Tía Jane, ¿te hemos contado que Mike sabe pararse de manos?

—Ah, no.

—Pues sí, puede pasarse horas y horas cabeza abajo.

—A ver, Benny, tampoco exageres —dijo Henry.

—Es que tú no lo has visto nunca —insistió su hermano pequeño.

—¡Voy a demostrárselo! —exclamó Mike.

Luego apoyó las palmas de las manos en el suelo y poco a poco fue levantando todo el cuerpo.

—¡Muy bien! —dijo la tía Jane—. Es formidable, Mike.

Manchas se aproximó a su amo, se tumbó y apoyó la cabeza en las patas. Luego cerró los ojos.

—Cree que vas a quedarte así para siempre, Mike —dijo Jessie.

—Y es verdad —contestó Mike con una voz rara, por estar cabeza abajo.

—Ya basta, muchachito —dijo Henry—. ¡Vamos, baja!

—No, no —se quejó Benny—. ¡Puede

pasarse horas así, de verdad!

—Pero yo no quiero verlo en esa postura durante horas y horas —dijo la tía Jane, que no podía contener la risa—. ¡No puede ser bueno, Mike!

—¿Por qué no? —preguntó él—. Estoy a gusto.

—Sí. —Benny asentía—. Mike puede pasarse toda la noche así, si no se duerme.

—Podría dormirme parado de manos —aseguró Mike, sin moverse.

—¡Vamos, Mike! ¡Ponte de pie de una vez! —dijo Henry—. ¡Ya llevas mucho rato así!

Sin embargo, el niño no se movió.

—Estoy comodísimo —aseguraba—. Pónganse todos a leer un libro, que yo me quedo cabeza abajo, descansando.

Al final la tía le suplicó que bajara.

—¡Por favor, Mike! —pidió—. Te creo que puedes quedarte mucho rato así.

—¿Toda la noche? —preguntó Mike—. ¿Me cree que puedo pasar toda la noche parado de manos?

—¡Sí! ¡Sí! Pero ¡baja ya! Lo haces de maravilla.

Y con eso Mike se puso por fin de pie y se arregló el pelo.

—Podría haber seguido mucho más tiempo —aseguró.

Entonces Henry puso a Guardián a hacer sus gracias. El perro se sentó y suplicó. Luego "habló". Después se hizo el muerto. Dio la pata a todo el mundo. Al acabar, Maggie lo recompensó con un buen hueso.

Los pequeños pasaron un buen rato haciendo trucos y solo se pelearon dos veces. Al final, Mike dijo de repente:

—Tía Jane…Eh…

—¿Por qué te detienes? Sigue —pidió ella.

—Bueno, es que debería llamarla "señora Alden".

—No, tutéame. Y llámame "tía Jane". Me gusta.

Y dicho eso Mike continuó:

—Tía Jane, me diste el periódico aquel.

—Sí, es verdad.

—Bueno, dijiste que no lo habías mirado. ¿Te importaría mirarlo ahora?

—¿Cómo no? Si tú quieres, por supuesto —contestó la anciana.

—Es solamente la foto. —El chiquillo la sacó del bolsillo—. Mira a mi hermano, Pat, sin olvidar que yo estaba allí, a su lado, aunque no me sacaran.

Mike señaló la fotografía y se la entregó, pero de repente, al ver al señor bajito, la tía Jane torció el gesto y exclamó:

—¡Conozco a ese hombre! Es uno de los que trataron de comprarme el rancho. ¡Estoy segurísima!

—Eso fue el verano pasado —recordó Henry, muy alterado—. Estabas sola en casa porque nos habíamos ido todos de compras. Vinieron en ese rato. ¿Estás convencida de que es él, tía Jane?

—¡Pues claro que estoy convencida! Esos tres hombres no me dieron buena espina y me acuerdo muy bien de sus caras.

—Bueno, Mike, ¿qué te parece eso? —preguntó Benny.

En ese mismo instante sonó el teléfono. Era precisamente para el pequeño de los Alden.

—¿Diga?

—Soy el señor Carter. Voy a decirte algo que puedes contar a los demás. Encontramos un montón de cables detrás de la mina. Alguien tenía intención de volarla. Gracias a Mike y a ti, pudimos quitar esos cables y evitarlo.

—¡Qué bien! —exclamó el niño—. ¿Y sabe qué? Mi tía reconoció al señor de la foto. Seguro que es el que salió hace poco de la cárcel.

—¿Qué? ¿Qué? Ahora mismo voy —contestó el señor Carter.

Cuando llegó, se puso a hacer muchas preguntas a la tía Jane. Al final concluyó:

—Ya sabemos quién es este hombre, y podemos probarlo. No creo que tardemos mucho en resolver este asunto. Ya solo queda encontrarlo.

CAPÍTULO 13

## *La fiesta*

El señor Carter creía que no se tardaría mucho en solucionarlo todo, pero se equivocaba. Nadie había visto a aquel individuo. Benny y Mike estaban siempre al acecho, pero tampoco lo encontraron. No parecía que hubiera ningún forastero por los alrededores.

El negocio de los pasteles iba bien. Las chicas y la señora Wood preparaban sesenta cada día, y los chicos los vendían todos.

—Estamos ganando dinero —dijo Jessie—. La gente se porta muy bien con nosotros. Y el seguro fue de gran ayuda.

—Sí, cariño —contestó la señora Wood—. Creo que con esto puedo ganarme bien la vida.

—Sí —intervino Violet—. ¡Tenemos mucha práctica y cada vez vamos más deprisa!

—Montar La Cocina de la Madre de Mike fue una gran idea —reconoció Henry—. No me canso nunca de vender pasteles. A los mineros les encantan.

—Y, cuando ustedes vuelvan a la escuela, puedo contratar a un par de chicas para que me ayuden. Conozco a dos encantadoras.

—Algún día habría que hacer una fiesta —propuso Jessie—. La gente se ha portado muy bien.

—¡Una fiesta con muchos pasteles! —exclamó Benny—. Uno para cada uno.

—Ja, ja, ja. Uno entero no, Benny —rió la señora Wood—, pero sí podríamos darles un pedazo y un café.

—Y leche —añadió Benny.

—Bueno, muy bien. Y leche.

—Debería ser un sábado por la noche, así podrían venir todos los mineros —dijo Violet.

—¡Que sea este mismo sábado! —gritó Benny.

—Podemos preguntarle al señor Carter y al señor Gardner —dijo Henry.

—Si preparamos pasteles durante todo el día, luego estarán listos para la fiesta por la noche —agregó Jessie.

A todos le pareció una idea excelente. Cuando se lo contaron al señor Gardner, se alegró mucho.

—Adelante —dijo—. Los ayudaré. Desde luego, cuando los cuatro hermanos Alden vuelvan a la escuela en el otoño nos quedaremos muy solos.

La señora Wood, Jessie y Violet se vistieron de blanco. Hasta hicieron gorritos del mismo color para ellas y para los chicos. Y unos delantales grandes también blancos. Los chicos compraron un juego para estampar, y escribieron "LA COCINA DE LA MADRE DE MIKE" en la parte delantera. Tenían muchas latas de leche y café caliente.

Al final de la tarde empezó a llegar la gente a la fiesta. Los dos perros correteaban por allí y se lo pasaron en grande. Tenían cariño a todo el mundo y se portaron bien.

Había muchas sillas que había enviado

el señor Carter. Y también había llevado
películas.

—Tengo unas muy lindas de los Mares del
Sur. A la gente le gustará ver los plataneros y
los monos.

La proyección empezó al anochecer. Todos
se sentaron en filas para verla. Cuando salieron
los monos aplaudieron y rieron. Guardián
ocupó una silla entre Jessie y Benny y vio el
espectáculo con los demás. Más allá estaban
Mike y Manchas. El señor Carter se sentó en
un extremo, cerca de la puerta, que estaba
abierta, lo mismo que todas las ventanas.

—Sería un buen momento para volar la
mina —susurró Benny al oído de Mike.

—No, los vigilantes están atentos.

Mike pasó el brazo por detrás del cuello
de Manchas. Todo el mundo estaba atento a
la pantalla menos él. Sin saber por qué, miró
hacia la puerta, al igual que el perro, y vio a un
hombre que pasaba por delante a paso lento.
Entonces, de repente, notó que a Manchas se
le erizaba el pelo del cuello. El perro miraba
hacia la puerta y gruñía.

El señor Carter lo oyó. Se levantó de un

salto y salió corriendo. Mike y Manchas salieron disparados tras él.

Una vez afuera vieron a un hombre que corría en la oscuridad, pero Manchas fue más rápido y lo atrapó enseguida. Lo agarró de la pierna, gruñendo, hasta que llegó el señor Carter. Mike no se imaginaba lo fuerte que eran las manos del señor Carter.

Aparecieron entonces los vigilantes y poco después se llevaron al detenido.

—¡El hombre del sombrero azul! —exclamó Mike.

—Sí, Mike, creo que es él —contestó el señor Carter—. Manchas lo reconoció.

—Corrió más deprisa que en la carrera.

—Supongo. Ahora bien, Mike, no digas nada a nadie. Vuelve a entrar discretamente y ya está.

—¿Puedo contárselo a Ben? —preguntó el niño.

—Sí, pero muy bajito. Que no se entere nadie más. No vayamos a aguar la fiesta.

## CAPÍTULO 14

## *¿Ben o Mike?*

En cuanto entró en la sala con Manchas, Mike susurró a su amigo:

—Ben, acabamos de atrapar al hombre del sombrero azul.

—¿En serio? ¿Y lo llevaba puesto?

—No, no llevaba sombrero. Ya te lo había dicho yo.

—Ojalá me hubieras avisado —se lamentó Benny—. Guardián y yo también habríamos ido.

—No dio tiempo. ¡Chis, no digas nada!

Poco después acabó la proyección y se

encendieron las luces. Todo el mundo comía pastel y bebía café. El señor Carter volvió sin llamar la atención. Los dos chiquillos lo miraron, pero no abrieron la boca.

—Se acabó —les susurró entonces él.

—¿Adónde se lo llevaron? —preguntó Mike.

—Bueno, ya vuelve a la cárcel. Y esta vez pasará una buena temporada. ¡Lo buscaban en cuatro estados! Ustedes dos me ayudaron muchísimo, chicos. Y lo mejor de todo es que no dijeron nada.

—¡Qué ganas de contárselo a Henry! —gritó Benny—. Siempre dice que no callo.

—Ya se lo contaré yo. —El señor Carter sonreía—. Y a Jessie también le gustará saberlo. Te cuida como una madre, Benny.

—Sí, ya lo sé.

—Siempre va *detrás tuyo*, Ben —añadió Mike.

—Se dice "detrás de ti" —lo corrigió su amigo.

—Bueno, pues detrás de ti.

Mike ni siquiera trató de empezar una discusión, y Benny se sorprendió bastante.

Ya se había marchado todo el mundo y los Wood, los Alden y el señor Carter eran los únicos que quedaban en la gran sala.

—Siéntense todos. Quiero contarles algo —pidió este último. Cuando se hizo el silencio empezó—: Dimos por terminada la búsqueda del hombre del sombrero azul. Lo capturamos y se resolvió el misterio.

—¿Ah, si? ¿Cómo? —preguntó la tía Jane, emocionada.

Entonces el señor Carter les habló del individuo y les contó de los gruñidos de Manchas.

—Ya no tienes que seguir gruñendo, amiguito. —Le dio unas palmaditas en la tersa cabeza—. Ese señor no volverá.

—Bueno, me alegro —confesó Violet en voz baja—. Sé que para los chicos fue apasionante, pero a mí no me hacía ninguna gracia.

—No —contestó el señor Carter, mirándola con una sonrisa en los labios—. A mí tampoco.

—Bueno, ahora que acabó todo —intervino Mike—, podemos decir que fue mi misterio, ¿no?

—No, qué va —gritó Benny—. ¡Fue mío!

—¡Mi perro encontró el sombrero azul!

—Pero el mío lo ayudó. ¡Y además encontró la lata de gasolina!

Al oír eso, Mike se calló de golpe. Finalmente dijo:

—Sí, Ben, creo que en realidad fue tu misterio. Porque la mina es tuya.

—Bueno, quizá fue tuyo —reconoció Benny—, porque la casa que se quemó era la de ustedes.

—¡Vaya, vaya! —Henry sonreía a Mike—. ¡Cómo cambiaste, jovencito!

—Ya lo dije yo cuando llegaron —apuntó la señora Wood—. Mike se está volviendo un chico muy amable y atento. Ya no discute tanto. Me parece que jugar con Benny le sienta bien.

—Ja, ja, ja. ¡Y recordará que yo dije que jugar con Mike le sienta bien a Benny! —contestó Henry—. Menuda pareja.

—Sí, chicos, son ustedes una buena pareja. —El señor Carter tenía un brillo en los ojos—. Voy a darles algo en lo que pensar. Puede que ustedes dos también pasen el próximo verano juntos, pero no será aquí.

—¿Dónde? —preguntó Jessie—. ¿Dónde estaremos todos juntos?

—Bueno, pasarán el verano juntos, sí, pero lo demás es un secreto.

—Ah, un secreto. Del abuelo, supongo —intervino Henry—. Siempre va un paso por delante de nosotros.

—Sí, eso puedo decirles. Ustedes cinco, los hermanos y Mike, junto con el señor Alden, están incluidos en el secreto.

—¿Y Manchas y Guardián? —preguntó Mike.

—Guardián sí, pero Manchas no.

Los chicos le dieron muchas vueltas. No sabían de qué podría tratarse. Jessie hizo la última pregunta:

—¿Usted también estará, señor Carter?

—No. —Miró a Jessie con una curiosa sonrisilla—. Y desde luego me dará mucha pena.

Desde aquel momento, ante cualquier otra pregunta de los chicos se limitó a negar con la cabeza. No pensaba decir nada más.

—No voy a hacerle más preguntas —decidió

entonces Mike—. *Han habido* ya demasiadas. Ha habido, quiero decir.

—Bueno, bueno vas aprendiendo, Mike —comentó Henry—. A lo mejor acabas siendo maestro de escuela.

—No, no. Voy a trabajar en el FBI.

—Pues podría ser —aseguró el señor Carter—. Benny y él hablan sin parar, pero quiero que sepan todos que saben muy bien cuándo callar.

Benny, muy pensativo, se acercó al señor Carter y le puso la mano en el hombro.

—Creo que, en realidad, fue el misterio de Mike —admitió—. El sombrero lo encontró su perro. Y lo habría encontrado igual, aunque yo me hubiera quedado en casa con el abuelo y no hubiera venido a la mina.

—Así se habla, Benny —dijeron todos.

—Qué bueno eres —dijo la señora Wood.

—Un comportamiento excelente, Ben —dijo Mike—. Gracias.

Había hablado con tanta educación que todo el mundo se echó a reír. Pero lo cierto era que sería el misterio de Mike por siempre jamás.